Zwei Seelen im Tangoschritt

von der Rolle
Bd. 2

1. Auflage

Copyright ©
Anna-Katharina Hölscher
2016
info@anna-hoelscher.de
Herstellung und Verlag:
BoD - Books on Demand, Norderstedt
ISBN 978-3-7431-2845-3

1.
Strickpulli und Latzhose

1980, Hamburg, Karolinenviertel
Komisch, jetzt hab ich eine eigene Wohnung, dabei wollte ich nie allein wohnen, ein Gräuel. Immer schön was los in der Bude, große wunderschöne Altbauwohnungen mit mindestens acht Zimmern, viele Leute, abends in der Küche sitzen und klönen. Und nun das! Karolinenviertel, Musiker, Punks, Schauspieler, Maler, Obdachlose, schön kuschelig klein, das Viertel zum Geborgen fühlen, die Häuser, die Straßen, alles nah bei, zum Supermarkt fünfzig Meter.
Winziger Tante Emma Laden, Emma Scharbau, bestimmt schon über siebzig, die die Scheiben Käse und Schinken noch sorgfältig in Cellophan einwickelt, mit Gummiband. Häuser schon alt mit vor sich hin rottenden Fassaden, Nachkriegscharme. Die Stammkneipe, Marktstube, auch weniger als hundert Meter weit.
Secondhand-Läden mit Fünfzigerjahre-Klamotten, der Geruch vom Schlachthof, intensiv bei Wind von Westen, also eigentlich

immer.
Schulterblatt, griechische Restaurants, Mambo Jambo, die afrikanische Disco. Von meinem Balkon mit den antiken Blumenkästen, die ich in der Wohnung vorfinde, schön begrünt und beblüht, schaue ich mitten rein ins Leben.
Und jetzt, am 13. Juli 1980, stehe ich hier und blicke zufrieden auf meine frisch hergerichtete Wohnung, denn gleich kommen meine Gäste zur Einzugsparty. Die Ballonflasche mit Weißwein eigenhändig mit dem Fahrrad transportiert, diverse Leckereien auf dem gedeckten Tisch, dem kalten Büffet, die Gäste bringen auch noch was mit. Ja, ganz schön stolz bin ich, alles selbst gemacht und organisiert, hätte ich mir gar nicht zugetraut.
Der alte Muff der ehemaligen Vier-Zimmer-Wohnung, mit altdeutschen Möbeln vollgestopft, raus damit, lieber hell und schön, Teppichboden flächendeckend in sonnigem hellem Ton, abgebeizter Küchenschrank und Küchentisch, Stühle. Aus zwei Zimmern mach eines, Schiebetürfüllung ohne Schiebetür, Stuck in vollem Ornat.

Und da klingelt es schon, die Wohnung füllt sich mit ehemaligen WG-Genossinnen und Genossen, ein ganz kleines Baby im Schultertuch dabei, alle sind gut gelaunt. Die WG der Lehrer am Schlump, die jetzt alle anfangen, Familien zu gründen, und die entsprechenden Wohnverhälnisse gestalten außerhalb Hamburgs, zwar noch zusammen auf einem Gelände, aber jede Familie separat. Auch ich separat, aber eher auf Abenteuer aus als auf Familiengründung. Single, seit zwei Jahren intensiv mit Tanz und Theater beschäftigt, Schule und Berufstätigkeit.
Nach der Party das Gefühl von etwas Abgeschlossenem und jetzt, jetzt kommt etwas Neues.
Also Ärmel aufkrempeln, selbst gefärbte Latzhose aus dem Laden für Berufskleidung angezogen und los geht's. Wohin? Na, zum Training natürlich, und anschließend Probe!

2.
Gestricktes, die Erste

Wo ich gerade in meinem Wohnzimmer sitze und an meinem neuen Pulli stricke, in Weinrot und Türkis, Perlmuster, eins rechts, eins links, nächste Reihe umgekehrt, also ich hab vergessen, mich vor zu stellen. Kathrin, 33 Jahre alt, Lehrerin, seit einiger Zeit leidenschaftliche Tänzerin für Tanztheater und Improvisation, geschieden. Zwilling, also vom Sternzeichen her, aber auch zwei Seelen in einer Brust, mindestens, manchmal komme ich mir vor wie eine Mehrlingsgeburt. Seele zwei nenn ich mal Anne, ich bin die Kathrin, zusammen sind wir nur eine, das ist manchmal nicht einfach. Eben zwei Seelen in einer Brust. Der Ausdruck könnte von mir sein, ist aber von Goethe. Faust. War ja ein Mann, also weniger Multitasking, eher so schwarz-weiß, gut und böse. Da sind wir Frauen doch schon schillernder. Also ich bin eigentlich ganz pflegeleicht, locker und flexibel, spontan, fix, charmant, ha, da kann ich mich gut rein steigern. Anne, mein anderes Ich, na ja, ist da eher etwas

langsamer, deswegen auch von Haus aus Bedenkenträgerin. Und auch etwas faul, wenn sie mit meinem Temperament und meinem Tempo nicht mitkommt, passt sie sich einfach an und tut so, als ob alles in Ordnung wäre, und haut dann irgendwann zu, unberechenbar. Das sieht sie natürlich ganz anders, aber ich riskiere es jetzt und lass sie einfach nicht zu Wort kommen. Ist auch so gemütlich, vor mich hin stricken, das Muster gefällt mir, draußen regnet es und ist schon dunkel, gleich noch auf den Unterricht vorbereiten und nachher noch in die Marktstube, Freundinnen treffen und vielleicht ein paar nette Jungs. Was, liebe Anne? Sie scheint mit ihren Gedanken woanders. Jaja, sagt sie, wir könnten doch noch ein ganzes Stück schaffen, heute. Damit meint sie den Pullover. Ok, stimmt. Gar keine schlechte Idee.
Und danach Tango.

3.
Latzhose, die Erste

Man geht in den Hinterhof von der Thadenstraße und betritt zwischen zwei Häusern einen kopfsteingepflasterten Weg, der zu einer Allee führt. An einer Jugendstilvilla vorbei kommt man in einen Gewerbehinterhof. Man sieht schon den „Mehlboden", oben im 1. Stock. Es geht um das Gebäude herum, unten ist eine Autowerkstatt. Meine Begleiterin Franziska, eine Tanzpädagogin, die ich neulich auf einer Party kennengelernt habe, geht voran. Ja, so sieht ein Dachboden aus. Ziemlich riesig, 300 qm. Alte Sprossenfenster und so ziemlich nix sonst. Aber verfügbar mit einer sensationell geringen Miete. Ich bin da ganz naiv, Franziska geht schon mal fachmännisch durch den Raum. Sie scheint Ahnung zu haben. Ich kann nur staunen. Wir wollen gemeinsam ein Tanzstudio eröffnen. Holla! Die Entschlossenheit meiner Mitstreiterin zieht mich mit. Es ist Oktober 1982.
Wir schauen durch das Sprossenfenster in den Hinterhof. Anne, mein Alter Ego mit der

Tarnkappe, wirkt desorientiert, ist baff und ganz still.
Franziska, meine neue Business-Partnerin dagegen ist zufrieden. Sie hat die Vision der Baustelle vor ihrem inneren Auge und legt im Geiste schon los. Andächtig und bewundernd folge ich ihr und vertraue auf ihre fachmännischen Kompetenzen.
Im Zeitraffer: Von nun an bin ich jeden Tag nach der Schule auf der Baustelle mit Franziska, meiner Partnerin in Crime/Dance. Es gibt immer etwas zu tun und zu beaufsichtigen und zu kontrollieren.
Gipswände für Umkleideräume und Toiletten, Dachluken, um für Licht zu sorgen, alles von Handwerkern eingebaut, Türen, weitere Fenster, Maschinenputz wird „angesprüht" oder eher „angeschossen". Die Decke muss vollständig mit Gipskartonwänden verkleidet und gestrichen werden, zwei Mal, viele viele Quadratmeter. Das ist unsere Arbeit. Wir stehen hoch oben auf dem Gerüst und schwingen schwindelfrei den Pinsel. Es ist Vorweihnachtszeit. Auf unserem Tisch in der Baustelle steht ein Adventskranz, Freunde bringen

Champagner, Kuchen und Gebäck und helfen mit.
Der Fußboden, Tanzbodenparkett wird gelegt, Türen werden eingebaut und gestrichen.
Der riesige Spiegel. Und die Stangen fürs Ballett. Im Nebenraum, Büro und Aufenthaltsraum, ist noch kein Fußboden. Wir schneiden ihn eigenhändig aus Gips-Bodenplatten zu mit einer Stichsäge, ist ja wie beim Nähen, messen und sägen. Alles am Advents-Wochenende. Darüber ein schwarzer Tanzteppich. Der Tischler bringt eine Zwischentür, Jugendstil, Holz mit Glas und zwei Schwingtüren.
Weihnachten ist alles fertig und Sylvester 1983 wird eine große Party gefeiert. Am Neujahrsmorgen erscheinen wir verkatert zum Frühstück in unserem neuen Tanzstudio. Es heißt Triade nach dem „Triadischen Ballett" von Oskar Schlemmer. Und weil wir drei sind, die Dritte, Uta, die Weberin, hat einen abgeteilten Raum zur Webwerkstatt ausgebaut mit großen alten Webstühlen.
Ich bin irgendwie fertig an diesem Neujahrsmorgen. Zu allem Unglück

beschwert sich mein Zwilling Anne lauthals über mangelnde Zuwendung der männlichen Art. Abgesehen von einer halbgaren Affäre mit dem Tischler, der ein wenig aussieht wie Paul Newman, aber nicht Paul Newman ist, habe ich nix vorzuweisen. Anne schleicht zum Schlagzeug, das noch von gestern da steht, und trommelt den sterbenden Schwan. Och nee! Jetzt haben wir erst mal unseren Mann gestanden, sag ich zu ihr, und das war nicht von schlechten Eltern. Ich wachse förmlich vor Stolz und Zufriedenheit. Guck doch einfach mal, wie schön hier alles aussieht. Ein Parade-Tanzstudio! Das schönste in Hamburg, behaupte ich mal, jedenfalls das schönste mit unseren Händen und Köpfen gebaute und geplante und gelungene!! Ich krieg mich gar nicht wieder ein. Franziska ist gestern als Erste mit einer Wunderkerze durch den Raum getanzt, ein Traum! Hier kann man auch Schülervorführungen veranstalten. Und natürlich Kurse! Und Motto-Partys! Außerdem kann ich alle meine Tanzphantasien und Choreographien hier austoben. Und überhaupt! Weißt du eigentlich , liebe Anne, dass wir das hier hingekriegt haben? So ein tolles Tanzstudio aus einem Mehlboden??? Aber ich will alles, schmollt mein Alter Ego. Das hier, dabei wirft sie einen verzweifelten Blick in die Weite des Raums, und einen Mann und eine Familie. Waaas? Du hast wohl nicht alle Tassen im Schrank. Kleinfamilie! Das ist doch die Büchse der Pandora und der Hort allen Übels. Will ich aber, sagt sie trotzig. Ja gut, sage ich genervt , aber eins nachm annern. Nicht gleich die nächste Baustelle. Ich bin nämlich erschöpft , einfach feddig! Jetzt ist erst mal Ruhe! Eingeschüchtert trollt Anne sich. Auch das noch, denke ich. Wie war das noch mit der Frauensolidarität? Denkt einfach nur an sich!

4.
Stoffe, die Erste

Der Laden liegt im Souterrain. Man steigt ein paar Stufen hinunter und betritt den Verkaufsraum, der durch den gekachelten Boden und weiße Wände angenehme Kühle und einen klaren Minimalismus verbreitet. Die Kleidung auf den Ständern strahlt eine Mischung aus Trümmerlook und Moderne aus. Es ist der neueste Schrei, eine Mischung aus Avantgarde und Secondhand-Stil. Fünfziger Jahre. Zurück in die Zukunft, der Charme kommt aus dem Rückwärtsblick, einem Über-die Schulter-Lächeln, viel versprechend. Nicht Lot, zur Salzsäule erstarrt, auch nicht Orpheus, der Ängstliche, der zwanghaft zurückschaut, misstrauisch, sondern die Geheimnisvolle, die einlädt, sich auf ein Spiel einzulassen. Die Mischung macht's, eine verwirrende Zusammensetzung aus Vergangenheit, Gegenwart und Zukunft. Ich verfalle in ein ehrfürchtiges Staunen, wenn ich mich im Laden aufhalte. Meine Phantasie blüht. Die Muster gefallen mir und haben etwas Geheimnisvolles.

Einzelne Teile sind von der Inhaberin selbst entworfen und genäht, die Stoffe im eigenen Stil bemalt.

Ich steige ehrfürchtig in einen Zipfelrock, mit kräftigen Strichen bemalt, dazu trage ich einen engen Rippenpulli, ein Lieblingsstück aus den Fünfzigern, schwarze Strümpfe und Pumps. Ich stehe da, fühle mich verzaubert, im Augenblick erstarrt, gleich erreicht mich die Realität, wenn ich wieder aus dem Outfit schlüpfe. Meine Haare sind verwuschelt, ich bin verträumt, fast verschlafen.

Über dem Laden liegen Atelier und Wohnung von Tetjus Junior. Ein bemalter großer Tisch, Staffeleien mit Bildern im Stil der „Neuen Wilden". Wir sitzen am Tisch und trinken Tee aus chinesischen Gläsern. Im Ofen bollert das Feuer.

Tetjus ist der Sohn des bekannten Malers und Schriftstellers Otto Tetjus Tügel, den ich hier wieder gefunden habe, quasi um die Ecke. Sein Vater war ein Freund meines Vaters, hat ihm 1942 zu Weihnachten einen langen Brief nach Frankreich geschrieben, wo mein Vater als Soldat stationiert war. Mit einer ausführlichen Schilderung des

Weihnachtsabends bei meiner Mutter und
meinen vier Geschwistern.
Mein Vater war so glücklich über diesen
Freundschaftsdienst, dass er ein bisschen
weinen musste. Wir haben noch den
Antwortbrief an meine Mutter. Ja, und ich
sitze hier sozusagen mitten im Künstlerviertel
bei einem Künstler, den ich irgendwie schon
lange zu kennen glaube. Als meine Brüder
mit fünfzehn, sechzehn mal den alten Tetjus
bei einer Radtour besuchten, muss Tetjus
junior wohl aus dem Bettchen gefallen sein
und Tetjus senior mit düsterer Stimme gesagt
haben:
„Nu is hei dout". War er aber nicht, Schwirrt
hier lustig und lebendig herum, greift zu
seinem Pinsel und macht sich an seinem Bild
auf einer großen Staffelei zu schaffen. Und
ich hab ein Tanzstudio und tanze und habe
viele Freundinnen und Freunde und wie
könnte mein Leben schöner sein? Ich werfe
einen schrägen Blick auf Anne, die verträumt
zu Tetjus schaut, wie er malt, an seinem
„Neue Wilde"-Gemälde. So weit also alles im
Lot.

5.
Gestricktes, die Zweite

Tetjus' Freundin hat Geburtstag und ich Frühjahrsferien, wie man das in Hamburg so nennt, Anfang März. Von Frühjahr kann noch so richtig keine Rede sein. Morgens um elf stehen wir mit einer Flasche Sekt und drei Gläsern am Altonaer Balkon. Es ist feucht und grau. Der Blick auf den Köhlbrand und die Kräne und die vielen Container verspricht zumindest so was wie, na ja, Aufbruch? Weite? Freiheit? Ich hab einen grünblauen bouclé-wollenen Wintermantel an aus dem Laden von C.L., Tetjus' Lebensgefährtin, den ich mit futuristischen grünen großen quadratischen Knöpfen aufgepeppt habe. Alle scheinen wir etwas melancholisch, Wind, Regen, Wolken, wo bleibt der Frühling? Ich fahre gleich nach Freiburg, meine (ehemalige) Wahlheimat, wo es mich in fast jeden Ferien noch hinzieht. Also in den Süden, raus aus dem Hamburger Schietwetter. Alter Ego Anne ist aufgeregt. Sie hat wieder Liebesgeschichten auf dem Radar. Diesmal allerdings nostalgisch. Sie hat sich in einen alten Freund von „uns" verliebt. Einfach so den Schalter umgelegt, eben noch alter Freund, jetzt Lover und, wie ich sie kenne, hat sie mehr vor. Dabei hatte ich schon mal eine Affäre mit ihm, die nicht sonderlich beglückend war, eigentlich war ich nie verliebt in ihn, obwohl er supergut aussah, auch noch aussieht, zugegeben. Diesmal bin von uns beiden ich die Bedenkenträgerin und führe mit meinem Zwilling, meinem anderen Ich, ein heftiges inneres Zwiegespräch. „Du kannst doch nicht mal eben so entscheiden, dass du jetzt einfach in ihn verliebt bist. Du hast mich gar nicht gefragt? Also ich bin immer noch euphorisch von der Eröffnung des Tanzstudios mit dreihundert Leuten, dann die beginnenden Kurse, die gar nicht so schlecht besucht sind, und meine Mitwirkung an Franziskas Tanzstück „Unruhe sanft", eine Wahnsinnserfahrung! Das wirkt noch nach und jetzt kommst du schon wieder..." „Na, das ist doch gerade so toll! " schmeichelt Anne, „so mitten aus dem Erfolg raus jetzt ins Liebesleben stürzen. Reinhauen, so tangomäßig." Sie steigert sich einfach rein in ihre Begeisterung. Ohne mich

zu fragen. Na ja, denke ich, ich will nicht die Spaßbremse sein und es sind Ferien und vielleicht ist Frühling in Freiburg und gerade gibt's da auch so ein Loch nach all den Ereignissen, und ich gebe seufzend nach.
„Wer ist denn das eigentlich?" erkundigt sich Tetjus vorsichtig, „der Mann deines Lebens also, zu dem du fährst?" Ich schweige, mir ist das peinlich, und Anne haut mich jetzt auch nicht raus. „ Jetzt fährst du zum Mann deines Lebens, und dann kriegt ihr Kinder und Familie." Will er mich provozieren? Jedenfalls hört sich das ironisch an, in übertriebenem romantisch-schwärmerischem Tonfall. Also, ich bin schließlich sechsunddreißig Jahre alt und vor hundert Jahren wäre ich schon seit mindestens acht Jahren eine alte Jungfer. Aber jetzt bin ich eine gestandene Frau mit Beruf und Tanzstudio. Wieso gönnt mir das keiner? Anne schaut verträumt in den Süden Wir prosten uns alle noch einmal zu, verabschieden uns, und auf geht's.
Autobahn, Elbtunnel, Harburger Berge hinter sich lassen und da fängt der Süden eigentlich schon an.

6.
Latzhose, Strickpulli, die Vierte

Seit ich in Hamburg bin, trinke ich abends kaum noch Wein. Nachdem man in Freiburg im Wein schwimmen konnte, der wächst ja da, und zwar gewaltig, war ich ziemlich beleidigt, in Hamburg auf die Frage „Was für Wein habt ihr denn?" die lapidare Antwort „Weiß oder rot?" zu bekommen. Eine Sorte. Eine einzige!!!
Nee, außerdem schmeckte mir hier kein Wein, meinem Alter Ego Anne schon gar nicht, für sie darf man nur Wein trinken, wo er auch wächst. Also gehe ich zum Bier über. Zwei Jahre lang Pils in der Kneipe um die Ecke, am Schlump, im „Mader".
Hier im Karoviertel ist mir das zu langweilig. Aus unerfindlichen Gründen trinken meine Freundin Meike, die bei mir im Haus wohnt, und ich in der Marktstube Sekt. So zwei Gläser am Abend, wenn der Abend lang wird, auch mal mehr. Schön spritzig. Trocken natürlich.
Hier ist was los. Künstler, Schauspieler, Maler, die Inhaberin der Buchhandlung

„Welt", der Obdachlose, der alle Frauen „Mein Puddel" nennt, Punks mit und ohne Haare.
Je später der Abend, desto voller. Wir sitzen dann an der Theke. Kann man auch gut allein, aber meistens finden wir sofort jemanden, den wir kennen. Meike kennt alle Welt. Hier diskutieren wir, Meike, ihre Schwester Mona und ich, über den neuen Film von Chris Marker „Sans Soleil" oder über Meikes kommende Ausstellung in der „Buchhandling Welt". Sie hilft dort öfter mal aus und darf jetzt ein Fenster künstlerisch gestalten. Es ist nicht nur eine Buchhandlung, sondern auch ein Künstlertreff. Die Inhaberin, Hilka Nordhausen, ist selbst Künstlerin.
Mac, der Wirt, gutmütig und ein Fels in der Brandung, und Sheila, seine Lebensgefährtin, stehen in der Markstube an der Theke. Manchmal wirft Sheila sehr beherzt betrunkene oder randalierende Gäste hinaus. Anne, mein Zwilling im Geiste, hält nach attraktiven jungen Männern Ausschau. Mit dem „Mann des Lebens" in Freiburg ist es leider nix geworden, ich hab's ja schon

geahnt, aber Anne wollte es nicht wahrhaben.
Da wurde dann aus Tango Blues.
Der war ein netter Freund, sag ich ihr, aber
als Lover viel zu langweilig. Und hat ja auch
überhaupt nicht angebissen. Sie dreht sich
beleidigt weg und hat schon wieder
jemanden an der Angel, mit dem sie sich
intensiv unterhält. Na ja, mal sehen, was das
wird. Ein junger Künstler, natürlich, was
sonst. Ich seufze und bin froh, dass sie mir
die Arbeit abnimmt. So richtig zufrieden bin
ich natürlich nicht als Single, und das jetzt
quasi schon einige Jahre. Affären pflasterten
ihren Weg, könnte man sagen. Du meine
Güte, da waren schon einige, aber nix hat
gehalten, nur ein paar Monate lang,
höchstens, oder Wochen. Ich bin ja auch ganz
zufrieden mit meiner Arbeit, der Wohnung,
vielen Freundinnen und Freunden,
Geschwistern, Mutter, dem Tanz und der
Stadt, in der ich nun wohne, ein wirklich
buntes Leben, und was sich da entwickeln
kann, das ist ja noch gar nicht abzusehen.
Demnächst führe ich das Fach Tanz in der
Schule ein, ich hab einen Antrag bei der
Behörde eingereicht und die Genehmigung

bekommen, also, das sind doch rosige Aussichten! Dafür kann ich von meinem Alter Ego Anne durchaus Solidarität und vielleicht auch so was wie Bewunderung erwarten, oder?
Wenn das so weitergeht, wie sie da rumflirtet, landen wir gleich noch mit dem Burschen in der Kiste. Ich muss jetzt mal dringend schauen, wen sie sich da aufgegabelt hat. Anne grinst mir zu und zieht sich triumphierend zurück.

7.
Stoff, die Zweite

Endlich mal wieder Paris! Meike ist ja mit einem Franzosen zusammen, André, und ich besuche sie in einem Vorort von Paris, bei Andrés Mutter. Sie hat dort sturmfreie Bude und so können wir uns ein paar schöne Tage machen. Wir schlendern durch die Stadt, besuchen Museen und schauen uns Ausstellungen an. Sogar ins Kino verschlägt es uns: „E La Nave Va" von Fellini. Ein riesiger Dampfer zieht auf der Leinwand an uns vorbei und zaubert Visionen in unsere Gemüter, Opernmusik, voll von Fellinizauber, den ich aus „Amarcord" „Julia und die Geister" „La dolce vita" oder „8 ½" kenne. Stoff, aus dem Träume sind. In der „Rue du Bac" gibt es ein Café in einem Buchladen. Wir stöbern in den Büchern und ich frage mich, ob es den Buchladen „Des Femmes" aus den Siebzigern noch gibt, wo wir die Literatur von Frauen wieder entdeckt und verschlungen haben, die Theoretikerinnen Luce Irigaray, Helène Cixous. Nostalgie pur. „Paris war eine Frau".

Das Buch über Janet Flanner, Gertrude Stein und Co. „Shakespeare und Company", der Buchladen von Sylvia Beach in den Zwanziger Jahren. Diese Lektüre hat eine Welt eröffnet, ein Universum, wo Frauen all das tun, was sie wollen und was außerhalb unserer Vorstellungen war. Deswegen haben wir die Männer unter anderem so bewundert: weil sie abenteuerlich sein dürfen, die Welt entdecken, erobern, reisen, all die Dinge, die uns nicht zugestanden werden...wurden? Trotzdem gab es Vorbilder, die wir nach und nach entdeckten, und die im Zuge der Frauenbewegung wieder auftauchten. Wenn man erstmal anfängt zu suchen, werden es immer mehr. Leider auch die gescheiterten, ohne Unterstützung durch die Öffentlichkeit, die künstlerischen Ruhm nur Männern zugesteht. Sylvia Plath, Camille Claudel, und wie sie alle heißen.

Meike hat mit Feminismus nicht viel im Sinn, die Freundinnen in Hamburg auch eher nicht. Ist alles schon wieder eine Weile her. Jetzt bin ich mal diejenige, die nostalgisch ist, und Anne guckt mich schräg von der Seite an, du und nostalgisch? Lass mal, sag ich, da waren wir uns doch ganz schön einig in unserer Begeisterung. Revolutionäre Frauen, Vorreiterinnen der Psychoanalyse wie Sabina Spielrein, von der man sagt, dass sie den Todestrieb entdeckt hat, vor Sigmund Freud. Lou Andreas Salomé, eine intellektuelle Frau mit leidenschaftlichen Liebesbeziehungen, Rilke, die Dreiecksbeziehung mit Paul Rée und Friedrich Nietzsche. Die hat das schon gut hingekriegt, kontere ich. Den Tango. Die hat gekriegt, was sie wollte. Wollte sie das wirklich? Na ja, so genau weiß man das auch nicht, sinniert Anne, aber gut, du könntest mich ja auch mal mehr unterstützen in Sachen Liebesbeziehungen, dass ich nicht immer so auf den Bauch falle und mich mühsam wieder aufrappeln muss, zum Beispiel mit deinem feministischen Know-how. Was denn für ein Know-how? Ich lerne, mich zu emanzipieren, schimpfe ich, das reicht mir gerade schon, und du, liebe Anne, könntest doch auch mal was dazu lernen. Das sitzt. Schnapp und weg. Einfach abgetaucht, das Sensibelchen. Na gut, denke ich, auch ein wenig erleichtert, immer das leidige Thema, und ich wende mich Meike zu, die mir gerade

einen Bildband zeigen will. Da bestellen wir uns mal einen Café Crème und anschließend ein Glas Wein und unterhalten uns äußerst anregend. Das ist Paris! Von wegen toujours l'amour und so'n Quatsch. Anne kriegt sich schon wieder ein. Schließlich bin ich es ja doch immer wieder, die für gute Laune sorgen muss. Und da ich die gerade habe, die gute Laune, werde ich übermütig und sag zu Papa, der sich gerade im Grabe umdrehen will: Papa, ich bin eine Pariserin! Da staunste, was? Ohne Mann und Familie und beileibe keine alte Jungfer, und das mit dem deutschen Mädel, das du so hoch gehalten hast, das kannst du dir an den Hut stecken. Bleib gemütlich liegen und beim ewigen Träumen flüsterst du einfach: „Hut ab vor meiner Tochter!! " Meike guckt mich schräg von der Seite an und sagt: „Hast du mir überhaupt zugehört?"
Ich proste ihr mit meinem Glas Wein zu und strahle sie an: „Auf jeden Fall!"

8.
Strickpulli, die Vierte

Paris war schön, eine Oase. Jetzt geht es holterdiepolter. Anne hat sich das nicht zweimal sagen lassen mit dem Know-how und einen Bewerber angeschleppt. In der Marktstube kennengelernt.
Sogar verkuppelt von einer Bekannten aus der Marktstube, Sylvia, der Biologin. Ich finde, ihr passt gut zusammen, sagt sie. Ich kenne ihn vom Sehen, Hans heißt er. Ich denke, dass er eigentlich nicht mein Typ ist, so rein äußerlich, zu dünn und nicht besonders groß. Aber sympathisch und irgendwie unaufdringlich. Sylvia hat was arrangiert, wir fahren aufs Land, in das Wochenendhaus seiner Eltern. Anne tut so, als hätte sie alles arrangiert und alles im Griff. Ich will mich nicht wieder mit ihr anlegen, ich brauch sie ja noch, sozusagen, und wer weiß, wofür es gut ist. Immerhin hat sie die Initiative ergriffen und nörgelt nicht rum. Also kann ich ganz entspannt sein.
Wir reisen im Trio, Sylvia, Hans und ich, oder Quartett, wenn man mein Alter Ego dazu

zählt.

Anne findet Hans gut, ich finde ihn auch ganz gemütlich und bodenständig für einen Marktstuben-Kneipengänger, das hatte ich noch nicht, immer diese halbgaren Künstler mit großen Ambitionen, wenn ich das mal salopp ausdrücke. Aber so richtig knallt es noch nicht mit Hans. Das Haus auf dem Land ist sehr gemütlich, reetgedeckt, in einem kleinen Dorf mit großen Bauernhöfen und einem Wald in der Nähe. Das Landleben, mal so am Wochenende, gefällt mir überraschenderweise. Aber es knallt was Anderes. Nachdem wir Karten gespielt haben und brav zu Bett gegangen sind, getrennt natürlich, gibt es ein Gewitter. Auf dem Land, Reetdach, das Gewitter ganz schön nah und irgendwie ungemütlich, so allein im Bett. Und, wie sollte es anders sein, Anne nutzt die Gunst der Stunde und flüstert mir zu: „Du hast doch immer schon Angst vor dem Gewitter gehabt, jetzt ran an deinen Beschützer!" Sie hat mich voll erwischt, ein Kindheitstrauma, was könnte wirkungsvoller sein.

Ja, was soll ich sagen, die Rechnung ging auf

und es hat mich erwischt, mich und den
Hans. Anne kreischt lautlos juhu, endlich
Tango! Sylvia ist glücklich, dass sie so einen
guten Riecher hatte und ich bin plötzlich liiert
und in love. Auf einmal ist es ganz normal,
einen festen Freund zu haben. Hallo! Na ja,
ich gönne der Anne schon den Erfolg, das hat
sie gut hingekriegt. Chapeau!
Weihnachten fahren wir sogar zusammen
nach Freiburg und feiern bei einer Freundin.
Sylvester soll es irgendwo eine Party geben,
wir trödeln abends noch herum. Mir ist ganz
komisch, irgendwie. So hab ich mich noch nie
gefühlt, also nicht verliebt, nee, so ein
fremdes Körpergefühl, nicht unangenehm,
aber fremd. In Freiburg liegt Schnee und wir
fahren zum Langlauf in den Schwarzwald.
Normalerweise fahre ich nur Abfahrt,
Langlauf finde ich total anstrengend.
Komisch, bin doch eigentlich ziemlich fit
durch das viele Tanzen im Tanzstudio. Anne
macht keinen Mucks und summt nur leise
vor sich hin. Ich werfe ihr einen schrägen
Blick zu, den sie geflissentlich ignoriert.
Wieder in Hamburg, gehe ich zur
Gynäkologin, meine Regel kommt nicht. Das

hatte ich schon mal, vor vielen Jahren in Paris, über längere Zeit. War aber nix Besonderes. Veränderungen, hat der Arzt gesagt, könnte schon mal vorkommen. Dass ich schwanger sein könnte, ist Lichtjahre von mir entfernt. Ich bin nie schwanger geworden, obwohl ich nicht immer...also perfekt verhütet habe, so gesagt. Nie!
Anne hat sich mit irgendeiner Macht des Unbewussten verbündet, und, pardauz, ist es passiert. Anne ist selig und jubelt ohne Ende. Ich lass mir das gefallen. Vielleicht ist das ja ganz richtig so. Immerhin hat sie jetzt Know-how bewiesen, die liebe Anne.

9.
Latzhose, die Zweite

Man sieht meinen dicken Bauch kaum im Karateanzug. Mit einer kleinen Truppe von Tänzerinnen haben wir Stücke eingeübt, eines davon in Karateanzügen mit einer entsprechenden Choreographie. Die Triade macht einen Vorführungsabend und erstrahlt in voller Beleuchtung. Stühle fürs Publikum werden aufgestellt, und alle Kurse führen etwas vor, das sie erarbeitet haben. Nach den ersten drei Monaten fühle ich mich schon längst wieder fit, unterrichte ganz normal im Studio und in der Schule. Die vielen Tanzenden drängen sich in der Garderobe oder stehen im Vorraum herum. Ich bin total entspannt und freue mich auf unseren Auftritt. Die Kurse laufen gut, wir haben schon mehrere Motto-Feste veranstaltet, ein Walzer - und ein Tangofest. Hübsche Tänzerinnen in rauschenden Ballkleidern nebst ihrer Partner verwandeln den Raum in einen Ballsaal, zu allem Überfluss drehen sich die Paare im wandbreiten Spiegel. Glamour pur! Zum Tangofest werden Paare

eingeladen, die schon ziemlich professionell tanzen, aber alle können tanzen, egal wie, die Atmosphäre ist total entspannt.
Und jetzt die Vorführung. Es läuft gut und alle sind zufrieden.
In den nächsten Wochen werde ich schwerer und langsamer, und zu den Sommerferien gehe ich in Mutterschaftsurlaub. Anne verlässt die gute Laune nicht, sie fängt an zu backen und zu kochen und geht in der Hausarbeit auf. Ich dagegen bekomme langsam Panik. Keine Schule, keine Kurse, oh Gott, mir schwimmen meine Felle davon. Ich bin doch eine berufstätige Frau, was soll ich denn jetzt machen? Meinem Alter Ego beim Backen zusehen? Ich schlage mich mit depressiven Stimmungen herum und weiß sechs Wochen vor der Geburt nur einen Ausweg: Ich reise nach Freiburg zu meinen Freundinnen. Zu Laura, die schon eine eineinhalbjährige Tochter hat, auch im hohen Alter von 42 bekommen. Ein Wunschkind.
Ich atme auf in Freiburg, der Tapetenwechsel tut mir gut, es ist Sommer, wir sitzen draußen und ich geh ins Schwimmbad. Laura arbeitet in einem Verlag und hat ihre Tochter in einer

Kindergruppe untergebracht. Ihr
Lebensgefährte arbeitet frei und kann
tagsüber auch auf das Kind aufpassen. Laura
will jetzt sogar einen eigenen Verlag gründen,
einen Verlag, in dem vergessene
Frauenliteratur wieder neu aufgelegt werden
soll. Ein eigener Verlag, undenkbar! Mit nur
zwei Büchern! Von zwei
Psychoanalytikerinnen, Sabina Spielrein und
Marie Langer. Beide sind jüdischer Herkunft
und hatten Kinder, waren verheiratet.
Marie Langer ist Gründungsmitglied der
psychoanalytischen Vereinigung von
Argentinien, wegen ihrer kommunistischen
Einstellung gerät sie auf die Todesliste der
Terrororganisation AAA.
Die zwei Bücher heißen : Marie Langer ‚Von
Wien bis Managua' und Sabina Spielrein
‚Tagebuch einer heimlichen Symmetrie',
Sabina Spielrein zwischen Jung und Freud.
In der Freiburger Tageszeitung wird ein
längerer Artikel über die Verlagsgründung
gedruckt, mit einem Bild meiner Freundin,
die ihre Tochter auf dem Arm hält.
Später erscheinen viele andere Bücher, u.a.
ein Bestseller von 1904 zum Beispiel, ‚Das

gefährliche Alter' von Karin Michaelis, einer dänischen Autorin. Eine Frau befreit sich aus Konventionen und macht sich auf den Weg in die Selbstbestimmung.

 In dieser Atmosphäre geht es mir besser, ich fühle mich freier. Das Muttersein muss keine Einengung bedeuten, keine Bremse für die eigene Entwicklung. Vielleicht sogar eher eine Inspiration? Mein Alter Ego nickt nur, hat mal wieder nicht zugehört. Die Hormone! Ach was, irgendwie wird das schon, denke ich mir. Ist halt auch so ziemlich das größte Abenteuer in meinem Leben, so ein Kind. Da halten wir einfach mal still und lassen der Natur ihren Lauf.

10.
Latzhose, Strickpulli, die Dritte

Wir sind nach Flottbek umgezogen, hatte ich das schon erwähnt? Ich würde sagen „die grüne Hölle", Anne findet es total hübsch und angemessen. Sie hat es total klasse gemacht mit der Geburt. Ich war ja auch involviert, wenn wir ehrlich sind, konnte aber an dem Kaiserschnitt auch nix ändern. Irgendwie war in der tollen Geburtsklinik keine Hebamme so recht da, um uns zu unterstützen, also wurde es nix mit der natürlichen Geburt. Irgendwie bescheuert, wenn man sich extra außerhalb Hamburgs begibt, weil es da so natürlich und toll sein soll, und das Kind lebenslang einen nichtssagenden Geburtsort auf dem Pass stehen hat und nicht „Hamburg".
Na ja, Schwamm drüber, sonst ging alles gut, mit dem Stillen klappte es nach einigem Üben, Kind 1a gesund, wer sagt's denn? Alter Ego und ich an einem Strang, klar, das stehen wir zusammen durch. Und der Kleine ist soooo süüüß, das macht alles wett und lässt alle Unbill vergessen. Ein echtes Baby! Ein

Mensch! Einfach so von uns, also uns dreien sozusagen, erschaffen, oder wie sagt man? Unglaublich! Anne und ich schütteln immer wieder entzückt vor Verwunderung die Köpfe und können es nicht so richtig glauben. Wir wohnen in Flottbek mit einer jungen Familie in einem Haus, die auch gerade ein Baby bekommen hat. Ich staune, wie meine Nachbarin ganz cool anfängt, ihre Milch abzupumpen, um auch mal wieder ohne Baby das Haus verlassen zu können. Ich sage zu Anne: Das können wir doch auch! Anne guckt mich zweifelnd an, versucht aber ganz tapfer, den Melkvorgang in Gang zu bringen. Ich bin doch keine Kuh! sagt sie. Mich lässt die Sache aber nicht los. Wieso kann die Nachbarin das und wir nicht? Ich versuche das Ganze professionell anzugehen. Und siehe da, es klappt!
Ha, ein Fläschchen voll! Nach vier Wochen will ich wieder im Tanzstudio anfangen. Geht doch, sage ich zu Hans und drücke ihm das Fläschchen in die Hand. Er nickt, hat nix dagegen, auf den Kleinen aufzupassen, er ist auch ganz verliebt und wickelt ihn ständig und spielt auf dem Wickeltisch mit ihm,

wovon der Kleine offenbar entzückt ist.
Also geht's wieder los mit den Kursen.
Vergessen dabei habe ich nur, dass beim
Stillen die Nachfrage das Angebot regelt.
Abpumpen erzeugt vermehrte Produktion
und so platzt gegen Ende des Kurses meine
Brust beinahe und ich muss schleunigst nach
Hause, um die Milcherzeugung ausgewogen
zu halten. So schramme ich immer mal
wieder an einer Brustentzündung vorbei,
wobei mich Anne strafend und leidend
anschaut, aber im Großen und Ganzen sieht
sie ein, dass auch ich auf meine Kosten
kommen will. Außerdem findet sie die
gewonnene Freiheit auch nicht ganz schlecht.
Fazit: Kooperation funktioniert, wenn sie
herausgefordert wird.

11. Strickpulli, die Fünfte

Du meine Güte, wie schnell die Zeit vergeht. Ich arbeite ein halbes Jahr nach der Geburt wieder in der Schule und gebe Kurse in der Triade. Wir schreiben das Jahr 1986 und steuern auf den Wonnemonat Mai zu. Und Sohnemann auf den neunten Monat seines frischen Lebens. Noch stille ich teilweise, sehr praktisch, denn so muss noch nicht so viel gefüttert werden, und trotzdem platzt unser Tim vor Gutgenährtheit. Die Beziehung verläuft weitgehend harmonisch und mein Alter Ego und ich verstehen uns prächtig, weil jede auf ihre Kosten kommt. Wir wohnen noch in Flottbek und das Kind krabbelt auf dem Rasen. Nicht mehr lange, denn am 1. Mai geht es durch die Nachrichten:
Das Kernkraftwerk Tschernobyl ist explodiert und der Regen, der auf Deutschland niederfällt, hinterlässt einen radioaktiven Fallout und soll die Böden kontaminiert haben.
Die erste Maßnahme für uns, für alle Eltern, Kindergärten besteht darin, die Kleinkinder

vom Boden, Rasen, Sandkisten fernzuhalten.
Nun halte mal ein Krabbelkind auf einer
Wolldecke, das ist ja 'ne Sisyphusarbeit,
stopp, keinen Zentimeter Rasen anfassen, ist
alles vergiftet!!!
Das ganze Ausmaß der Katastrophe wird erst
nach einiger Zeit klar, keine Kuhmilch mehr,
nur noch Sojamilch, kein Käse und so weiter.
Man fahndet beim Käse nach den
Herstellungsdaten: vor oder nach
Tschernobyl? Einige junge Mütter oder auch
Familien wandern zeitweise nach Portugal
aus.
Anne, die Gute, entwickelt einen
detektivischen Spürsinn für alles Essbare und
wird in jeder Hinsicht zur Wächterin über die
Gesundheit des Sohnes und der Familie, im
flotten Wettbewerb mit dem Kindsvater. Ich
konzentriere mich eher auf meine Arbeit.
Gut, dass ich die beiden habe!
Der Sommerurlaub in Dänemark gipfelt
darin, die Tiefkühltruhen im Supermarkt
nach Essbarem mit dem korrekten Datum zu
durchforsten: Vorher oder nachher
eingefroren? Neuseeländisches Lamm ist der
Favorit und bleibt es eine lange Zeit, denn

dem Fleisch kann man natürlich auch nicht über den Weg trauen, wie eigentlich generell keinen Lebensmitteln. Irgendwann habe ich genug. „Eigentlich", sage ich zu Anne und Hans, wobei ich Hans anschaue, „müssen wir uns entscheiden: werden wir jetzt komplett paranoid, was das Essen angeht oder möchten wir auch mal wieder Spaß daran haben? Ich denke, das ist jetzt der richtige Zeitpunkt!" Dabei schaue ich herausfordernd und entschlossen drein. Eine Frau, ein Wort, so geschieht es dann auch. Hans hat offensichtlich auch die Nase voll. Glücklicherweise habe ich einen Zeitpunkt gewählt, wo es sowieso eine gewisse Entwarnung gibt. Auf jedem Lebensmittel sind auch die Becquerelzahlen (Strahlenbemessung) vermerkt, ein Fortschritt. Mit der Entwarnung kommt auch die gute Laune wieder. Gott sei Dank, die war schon etwas flöten gegangen. Da wird man ja beinahe depressiv!
Also jetzt: Essens-Tango!
Anne ist leider mit anderen Dingen beschäftigt. Sie sucht eine Babygruppe.
„Sabine hat ihre Lilian bei zwei

Tagesmüttern angemeldet, die sich zusammen getan haben. Da sollten wir mal hingehen."
Hans steht am Abwasch und schaut stirnrunzelnd auf die riesige Menge Schaum, die sich über der Spüle wölbt. Er scheint gar nicht zuzuhören. Anne ist ganz aufgeregt, weil sie gerade mit Sabine telefoniert hat. Da ist noch ein Platz frei! Super, sage ich, wobei sich diese Diskussion mit meinem Alter Ego eher lautlos abspielt, so in Gedanken halt. Wir sitzen am großen Esstisch und ich habe einen Stapel meiner Korrekturen vor mir liegen. Das Kind krabbelt auf dem Boden herum und beschäftigt sich mit irgendetwas. Hans scheint ein wenig unschlüssig zu sein, was er mit dem Schaumberg anfangen soll und nimmt erst mal das Kind auf den Arm. Er schnüffelt an der Windel herum und sagt erleichtert. "Ich geh ihn mal wickeln!" Ich nicke und schaue schräg zu Anne, die drauf und dran ist, sich um den Abwasch zu kümmern.
Ich vertiefe mich in meine Korrekturen. Anne seufzt. Tja, mitgehangen, mitgefangen!

12.
Strickpulli, die Sechste

Irgendwie ist ein bisschen der Wurm in der Beziehung. Seit unser Baby ein Jahr alt ist, gibt es Zoff.

Manchmal schon morgens Nörgeliges, bevor ich zur Arbeit gehe. Ich bin erschöpft. Aber irgendwie läuft auch alles, und ich feiere meinen 40. Geburtstag.

Und zwar bei Hagenbeck nachmittags mit Freundin Sabine und unseren zwei gleichaltrigen Babys, einem Piccolo Sekt und einem Rüblikuchen, den Sabine mir gebacken hat. Ich hab eine Krise, lenke mich aber mit Schule und Tanzstudio ab. Mit Anne rede ich darüber, aber sie versteht Hans auch nicht und ist fast noch beleidigter als ich. Ich kann ja mehr wegstecken und mich vor allen Dingen ablenken. Mit ihm ist auch nicht zu reden, da bekommt man nur dubiose Antworten. Auf der Fahrt in den Urlaub in die Toskana kommt es zur Eskalation.

Über irgendeinen dummen Streit um eine Tankstelle ist Anne so sauer, dass sie nicht weiterfahren will. Hans ist bockig und will sich nicht entschuldigen, fühlt sich im Recht.

Ich stehe daneben und denke: Und was jetzt? Sollen wir jetzt wieder nach Hause fahren? Und dann? Ein grässliches Gefühl.
Ich treffe die Entscheidung und steige wieder ins Auto. Ich sehe, wie mies sich Anne fühlt. Aber so macht das doch auch keinen Sinn. Ab dann ist die Stimmung zwischen Hans und uns ziemlich vers**t. Gottseidank sind noch andere Leute in dem Haus in der Toskana. Aber es kommt noch schlimmer. Das Auto wird ausgeraubt. Zwar sind keine Wertsachen drin, aber alle Koffer. Jetzt haben wir nichts mehr anzuziehen. Bekommen das Nötigste von Freunden, kaufen uns ein paar Sachen, die Stimmung ganz ganz tief unten, wir reißen uns aber zusammen, weil es so schön hier ist, mein Lieblingsbruder ist auch da, und ich bekomme meine Regel nicht und hab so ein bekanntes komisches Gefühl im Bauch. Anne und ich gucken uns immer wieder schräg von der Seite an, sagen aber nichts.
Trotzdem gibt es schöne Momente. Timmy lernt das Mittelmeer auf Papas Arm kennen und juchzt beim Eintauchen ins Wasser. Das Haus ist riesig und sehr rustikal. Viele Gäste

kommen dort unter. Mein Bruder hat die Wohn- und Küchenhalle mit seinen Bildern gestaltet, Portraits von Menschen aus der Toskana. Das Haus gehört einem Freund von ihm, dem Tschechen Pavel.

Es hat eine besondere Bedeutung für meinen Bruder, weil er drinnen und draußen viel mitgestaltet hat. Einmal hat er meine Mutter zu ihrem achtzigsten Geburtstag dorthin eingeladen. Es war ein besonderes Erlebnis für sie. Sie war in ihrem Leben kaum im Ausland, nur einmal zu einer Nichte nach Rom. Apropos, meiner Mutter geht es ganz gut. Sie hat meinen Vater schon 17 Jahre überlebt und genießt ihr Leben im Kreise ihrer Kinder und Enkelkinder.

Also das Toskana-Haus ist quasi ein Familienhaus, da mein Bruder sowieso eine sehr zentrale Figur in unserer Familie ist, liebevoll, großzügig, humorvoll, künstlerisch. Insofern bekommt das Beziehungsdrama weniger Raum. Aber Anne und ich wissen, dass es so nicht geht. Was tun? Jetzt trennen, mit einem knapp zweijährigen Kind und wahrscheinlich einem im Bauch?

Reden macht keinen Sinn. Hans fühlt sich im

Recht und ist bockig. Paternalistisch. Der
Mann hat recht und die Frau ist folgsam. Da
stecken wir richtig in der Klemme.
Und sitzen es aus. Zu Hause stellt sich
heraus, dass mein Verdacht gestimmt hat. Ich
bin schwanger.
Anne und ich jubeln komischerweise beide
und fallen uns um den Hals! Noch ein Kind!
Ja klar, ein Einzelkind können wir uns beide
nicht vorstellen. Hans will eigentlich kein
zweites Kind, aber nun sagt er nichts mehr.
Die nächste Zeit verläuft eher freundlich und
ohne große Streitereien. Der Geburtstermin
ist im Februar. Anne geht es gut, so weit. Mir
auch.

13.
Latzhose, die Dritte

In der Schule geht der Unterricht weiter, ich unterrichte seit einiger Zeit ganz rechtmäßig das Fach Tanz als Wahlpflichtfach. Dafür wird mir ein Gymnastikraum zugewiesen, ganz okay. Ich bekomme die Gelegenheit, im Rahmen von Schüleraufführungen im CCH eine Choreographie zu zeigen. Der neuste Hit ist das Album „Bad" von Michael Jackson. Vom Titelsong bin ich begeistert und auch die Schüler*innen sind Feuer und Flamme. Bum bum bum, dröhnt es durch die Halle. Anne mahnt mich: „Und das Baby? Was macht das jetzt? Bei dem Gedröhne?" Ich fühle ein bisschen nach und sage fröhlich: „Na, es tanzt, was denn sonst?" Fühl doch mal!" Und wirklich, es fühlt sich an, als ob da ein kleiner Drummer am Werke ist. Anne und ich grinsen uns an! „Rhythm is a Dancer!" grinse ich. Meine andere Hälfte grinst zurück.
Beim Spaziergang an der Elbe schaut Anne mich schräg von der Seite an: „Warum tanzt du eigentlich nicht mehr, du unterrichtest nur noch! War es das, was du wolltest?" Ich

wehre ab. „Nee, irgendwie nicht." Anne schweigt. Ich denke: Gute Frage, aber das ist im Moment wirklich nicht mein Problem. Wir marschieren flott durch den Sand, so weit es der schon reichlich dicke Bauch zulässt. Und sonst denke ich. Beziehungsprobleme? Was soll das sein? Schwangerschaftshormone sind Konfliktkiller oder Tranquillizer oder wirken wie Gute-Laune-Pillen. Offensichtlich auch auf Männer, denn Hans ist die ganze Schwangerschaft hindurch bemerkenswert ruhig, man könnte fast sagen ausgeglichen. Wir keuchen die Treppen zur Elbchaussee hinauf. Es ist November und bald wird es dunkel. Hans hat einen Urlaubstag und kann auf Timmy aufpassen, er ist mit ihm zu seiner Mutter gefahren und ich, nein wir tun etwas für unsere Körperertüchtigung. Die untergehende Sonne, die heute ausnahmsweise mal scheint, folgt uns in den Jenischpark, wo die Bäume zwar kahl, aber stark und robust auf ihren ausladenden Wurzeln ruhen. Schön ist es hier, wenn die Sonne scheint.
Ich sage zu Anne: „Wenn das Kind da ist, schaffe ich es nicht mehr mit dem Tanzstudio,

zwei Kinder, das ist zu viel, außerdem Schule und abends Kurse." Anne schweigt. Ich weiß, was sie denkt. Einfach das ganze Lieblingsprojekt so mal eben schnell aufgeben? Und was sagt meine Partnerin im Studio dazu? Wir stehen vor dem Jenischhaus und schauen die abfallenden Rasenflächen hinunter auf die Elbe. Mein Bruder hat mir mal erklärt, dass dieser Park kein bisschen - wenn man so will - natürlich ist, sondern komplett ausgedacht und angelegt. Es ist kein Zufall, dass das Haus genau hier steht, mit dem üppigen Rasen davor und dem unglaublichen Blick auf den Fluss, von stattlichen Bäumen umrahmt.
Ich seufze und fahre fort: „Aber ich hab ja noch den Tanz in der Schule! Selbst tanzen, das passt jetzt gar nicht ins Konzept. Außerdem tanze ich ja mit bei den Exercices, dem Warm-up, und denke mir auch Choreographien aus. Das reicht mir! Und überhaupt: ist das jetzt eine neue Masche, dass ausgerechnet du mich daran erinnerst?" „Ich bin ein bisschen gemein", gibt Anne zu, „ich weiß". „Oder willst duuu vielleicht...tanzen? Tauschen wir jetzt die

Rollen?" „Ach was," sagt mein Alter Ego, „ist mir nur so eingefallen, das war doch eine so tolle Zeit!" „Und jetzt ist es auch toll, oder etwa nicht?" sage ich. „Klar!" Anne lächelt mich an, „Auf jeden Fall!" Man kann wohl nicht alles haben, denke ich und fühle mich ein bisschen komisch.
Entschlossen machen wir uns auf den Heimweg, zu unseren beiden Männern, dem Großen und dem Kleinen.

14.
Latzhose, die Vierte

Holla, was ist das denn? Es passiert mir an einem Morgen im Februar, die Fruchtblase platzt und ab geht's ins Krankenhaus. Diesmal bleiben wir in Hamburg und, oh Wunder, es klappt, die Hebammen wechseln sich zwar ab, aber die Eine macht es genau richtig, es wird kein Kaiserschnitt, und das mit fast 41 Jahren! Super! Und: Es ist wieder ein Junge!

Ich will sofort nach Hause, und die Schwester misst mir den Blutdruck. Da ist ja gar keiner! Nee, bin gerade in Ohnmacht gefallen. Na denn bleibe ich wohl doch lieber eine Nacht hier.

In der Nacht bin ich hellwach und es scheinen eine Menge Glückshormone in der Nähe zu sein, die alle bei mir landen. Her mit euch, nur zu! Anne und ich sagen ausnahmsweise mal nichts, wir genießen die Sternennacht.

Die nächsten Monate verbringen wir wie in einem Kokon. Hans kümmert sich rührend um Timmy, der sich, als wir mit dem Baby

zurückkommen, erst mal zwischen mich und
das neue Kind wirft.
Ich war zuerst da, dass das mal klar ist!
Ansonsten findet er das Baby ganz ok.
Es bekommt auch einen Namen. Wir finden,
dass Max gut zu ihm passt.

Zwei Jahre später
Ich sitze im Lehrerzimmer, neben mir ein
neuer Kollege, Musiklehrer. Wir kommen ins
Gespräch, seit einiger Zeit trage ich die Idee
mit mir herum, mal etwas mehr zu machen
als die üblichen Tanz-Choreographien zu
Pop- und Soulmusik, ein richtiges
Tanztheater, zum Beispiel ein Märchen.
Stefan, der Kollege, erzeugt Musik am
Computer, die total gut klingt, nach echten
Instrumenten.
Er erklärt sich bereit, die Musik zu meinen
Ideen zu komponieren und elektronisch
umzusetzen.
Ich fange an, Szenen zusammenzustellen zum
Märchen „Der Froschkönig"
.Erste Szene: Die Prinzessin spielt am
Brunnen mit ihren Freundinnen. Von der
Musik bin ich begeistert. Sie passt perfekt zu

meinen Ideen.
Frösche sind auch da, eine ganze Menge sogar. Das Märchen hat mich immer schon fasziniert: Wie wird aus so einem Frosch ein Prinz? Nicht durch einen Kuss, wie bei Dornröschen, nein, die Prinzessin klatscht ihn aus Wut an die Wand, weil er so aufdringlich und fordernd ist, es auch noch schafft, moralische Unterstützung von ihrem eigenen Vater zu bekommen. Und sie, sie wollte doch nur ihren Ball wiederhaben, und jetzt hat sie den ekligen, hässlichen Frosch am Hals.
An ihrem Rockzipfel, sozusagen.
Komplett in die Ecke gedrängt und vor Angst quasi von Sinnen, greift sie zum Äußersten: Sie wirft ihn einfach an die Wand, mit Schmackes und all ihrer Wut, jawoll! Tango für Django!
Dazu hab ich mir eine wunderbare Musik ausgedacht: Rapmusik von der Gruppe „Snap", düster und drohend. „I've got the Power" ruft die Sängerin. Und dann passiert es. Ein bühnenreifer Knall, Stefan hat sich große Mühe gegeben, dann: Blackout. Die Bühne ist stockdunkel.
Im Dämmerlicht erscheint der Prinz, die

beiden gehen aufeinander zu – und tanzen Rock'n Roll. Der gesamte Hof erscheint, alle tanzen mit und die Hochzeit wird gefeiert.
„An die Wand klatschen" sinniert Anne, „da ist was dran, manchmal." Sie wirft mir einen schrägen Blick zu.
„Na komm, das ist jetzt ein Märchen, meine Liebe. Eine Mär, du verstehst? Hat gar nix mit der Realität zu tun. Komm erst gar nicht auf Ideen." Und schon bin ich wieder mit dem Ersinnen neuer Choreographien beschäftigt. Bei der Premiere ist der Schüler, der den Prinzen spielen soll, nicht erschienen. Panik. Beim Ausatmen: na, dann muss eben ein anderer her. Schnell wird noch geübt. Bei seinem Auftritt findet der Prinz die Öffnung im Vorhang nicht, es hat geknallt, die Musik verstummt und: atemlose Spannung!
Aber Gott sei Dank, er schafft es doch noch und alle verbeugen sich glücklich beim stürmischen Applaus der anwesenden Eltern, Geschwister und Mitschüler'*innen.

15.
Latzhose, die Fünfte

Im Lehrerzimmer, Pause, fragt eine Kollegin in die Runde: „ Von euch braucht nicht zufällig jemand ein Au-Pair-Mädchen?" Anne schielt erstaunt zu mir herüber, als ich mich sagen höre: „Doch, ich!" Die Kollegin ist erleichtert. „Ach, das wäre so toll! Wir ziehen nämlich raus aus Hamburg und das ist für Arancha unzumutbar!" Mein Herz macht einen Hüpfer! Wir haben ein kleines Zimmer übrig, sozusagen, für unser neues Kindermädchen. Arancha ist eine entzückende junge Frau aus Spanien, fünfundzwanzig Jahre alt, mit Erfahrung in der Kinderbetreuung und überhaupt ein Schatz.
Sie kann die Kinder vom Kindergarten abholen und sich am Nachmittag um sie kümmern. Jubel! Außerdem ist sie noch interessant und lebhaft und charmant, und ihr Vater ist als Schauspieler eine nationale Größe, hat in Italo-Western von Sergio Leone mitgespielt.
Und überhaupt, welch eine Befreiung! Zeit

für einen Tango mit dem alter Ego!
Ich setze die gewonnene Energie gleich in eine neues Projekt mit Schüler*innen um. Das Ertanzen eines Kandinsky – Bildes „Gelb-Rot-Blau", mit Hilfe von Stefan, dem Musikkollegen, der die gesamte Musik komponiert, und einer Kunstkollegin, die aus Elementen des Bildes mit den Schülern ein Bühnenbild erarbeitet. Wir arbeiten mit einer freiwilligen Truppe, Jungs und Mädchen im Alter zwischen zwölf und achtzehn Jahren, einmal in der Woche wird geprobt. Mein Alter Ego, meine alte Ega, verdrückt sich ein bisschen in den Hintergrund. Ich nehme das mal als Zustimmung, hab sowieso viel zu tun. Im Supermarkt übernimmt sie die Führung. Prima, denke ich und trottele hinter ihr her, also so inwendig. Die eine schaltet ab, die andere glänzt.
Die Ideen fließen mir nur so zu, die Geschichte und die Choreographien wachsen zusammen. Ein Kinderspiel, könnte man sagen. Die Großen und die Kleinen harmonieren prächtig. Wir vermischen Goethes Farbenlehre zu einem Text, der von zwei Jungen gerappt wird. Die Blauen

kämpfen gegen die Gelben, die Roten
erscheinen und bringen Versöhnung.
Dazwischen stiften Schwarze Unfrieden mit
Waffen, alle Farben verschmelzen später zu
einem perfekten Ganzen.
Die Kunstkollegin und ihre Schüler*innen
haben ein Bühnenbild erschaffen, das alle in
Erstaunen versetzt. Stefan hat sich zu einer
virtuosen Musikcollage inspirieren lassen.
Wir nehmen an einem Festival teil. Hans und
die beiden Jungs sitzen in der ersten Reihe,
das Au-Pair-Mädchen winkt zu mir herüber.
Die Jungs schauen mit großen Augen. Anne
sitzt daneben und lächelt stolz. Sie nickt mir
zu.
Ach, was wäre ich ohne meine Familie, denke
ich, ohne ihre Unterstützung?
Noch ein Vorhang, noch einer.
Verbeugung, Strahlen, Jubeln.

16.
Latzhose, die Sechste

Ich mache weiter, obwohl meine zwei Kollegen die Schule wechseln. „Irgendwie schockiert mich das total", sage ich zu Anne. „Da hat man, pardon, frau, nun mal ein Winning Team, und dann hauen sie ab, das ist doch total....!" „Wohl wahr!" meint Anne, während sie aus einem wunderschönen Stoff aus dem Elsass, den wir in Colmar bei einem Freiburg-Aufenthalt gekauft haben, Kissenhüllen für die Terrasse näht. Ich lasse mich ablenken und schneide dann die nächste Kissenhülle zu, die wieder etwas anders ist, mit einem Volant drumherum.
In der nächsten Zeit mache ich nun also alleine weiter Tanztheaterstücke, mit meiner Klasse mal wieder den „Froschkönig", dann eine szenische Lesung. Zwischenzeitlich sorgt Anne für Zerstreuung und bringt mich dazu, eine Latzhose für Max zu nähen und noch einen Tigerkopf drauf zu nähen
Ich schmolle trotzdem wegen der Kollegen, die ich vermisse.. So richtig Spaß macht es nicht, immer alles allein machen. Obwohl die

Schüler*innen helfen, und jetzt auch noch eine Schülerinnenmutter, die Theaterpädagogin ist und mit unserer Klasse das Musical „Linie 1" einübt. „Was du immer hast", meint Anne
Sie ist der Meinung, dass doch alles blendend läuft, was die Arbeit angeht. Stattdessen erinnert sie mich daran, was nicht so blendend läuft, nämlich die Beziehung mit Hans.„Ich weiß" sage ich genervt. „Aber mir fällt nix ein. Das ist alles so..... so....irrational!"
Seit einiger Zeit ist Hans, wie immer mal wieder, unberechenbar, entfacht ständig Streitereien. Ich reagiere genervt und wütend in solchen Situationen, dadurch wird es noch schlimmer. „Er will immer recht haben und alles bestimmen. Dann passt er sich wieder an und macht alles mit. Daraus zieht er dann den Schluss, dass er plötzlich, und dann aber unabdingbar, recht hat und vehement Zustimmung einfordert. Gehorsam eigentlich, denke ich. Meine Meinung akzeptiert er dann nicht. Sturkopp!
Das drückt auf die Stimmung. Unterschwellig, ganz fies. Oberflächlich ist dann wieder Friede, Freude, Eierkuchen.

Anne und ich sind beide bedrückt. Reden will
er nicht, reden bringt nichts, sagt er.
Also geht das Leben weiter. Ich mach meine
Projekte, die Kinder gehen zur Schule, spielen
Klavier,
Fußball, bald geht es auf die weiterführende
Schule. Jahr für Jahr vergeht. Schleichend
zuerst. Und dann im Galopp.
Die Eltern streiten, und dann, peng, macht
Hans sich davon, mit 'ner Anderen, ganz
klassisch.
Ich schwanke zwischen Schockstarre und
„Na, dann geh doch! Ist vielleicht auch besser
so!"
Und dann reden wir doch. Hans zieht aus,
aber wir bleiben im Gespräch. Irgendwie bin
ich auch erleichtert. Das Alter Ego möchte
aber keine Trennung. Aber wie denn was
denn? Ich denke bei mir: Erstmal die Freiheit
ein bisschen nutzen, Pläne machen.
Und dann werde ich auch noch fünfzig,
mitten auf einer Klassenreise.
Mein Alter Ego und ich ignorieren diese Zahl
und tun so, als ob nichts wäre, altersmäßig
gesehen.
Wechseljahre eben, denken wir, und wenn's

mal heiß wird, sagen wir uns, dass wir dann weniger frieren und lachen, halb fröhlich halb galgenhumorig.
Und machen Urlaub mit den Kindern und einer Freundin und deren Tochter.
Der Urlaub ist ganz ok. Mit Hans läuft es komischerweise jetzt auch okay. Wir streiten nicht mehr, sind aber auch nicht mehr zusammen.
Ich geh jetzt abends aus. In meine neue Stammkneipe. Und lerne neue Leute kennen. Anne passt zu Hause auf die Kinder auf. Haha. Nee, die sind schon größer geworden. Oder sind bei Hans. Das klappt, mit den Kindern. Die sind natürlich auch schockiert. Aber Hans kümmert sich und endlich ist alles friedlich. Aber da ist schon ein Knacks, das merkt man/frau.
Hans und ich sind uns einig, dass wir immer wieder zu ihnen sagen: „Das hat nichts mit euch zu tun!" (Subtext: Eure Eltern sind halt so bescheuert!)
So richtig hilft ihnen das auch nicht weiter. Aber was sollen sie schon machen.
Ist für mich aber auch ein Neuanfang: Anne näht jetzt schicke Klamotten für mich, oder

soll ich sagen, für uns? Egal. Sie ist gar nicht mehr zu bremsen. Jacken, Kleider, Röcke, sogar einen Mantel!
Und dann beschließe ich, endlich mal wieder was für mich zu machen. Ich nehme Gesangsstunden, lerne singen und fange an, eigene Lieder zu schreiben. Ich mache ein Sabbatjahr. Ich entdecke das Internet, bastele eine Website, fange sogar an zu schreiben.
Eben Tango pur!
Yeah! (Das Yeah fängt triumphierend an und endet leise weinend.)
Ja, aufgebrochen um mich weiter zu entwickeln, Herausforderungen zu meistern, zu gestalten, eine Familie zu haben, eine Beziehung, die dann doch an den Klippen der Unfähigkeit, sich mit zu teilen, seine wahren Gefühle preis zu geben, scheitert.
Die Latzhose, die längst keine mehr ist, hat ihren Weg gefunden.. Und das Gestrickte hat sich auch stetig und unauffällig weiter entwickelt.
„Und ich hab gedacht, wir kriegen das hin, mit der Beziehung!"
„Das müssen beide wollen!" stellt Anne fest.
Wohl wahr, leider...oder …

...unabdingbar, ergänzt Anne mit Nachdruck.
….Also….Kein Happy End?
Doch. Wenn es noch nicht happy ist, ist es noch nicht …

                THE END

ebenfalls von der Autorin:
KLEIDERTANZ

von der Rolle Bd. 1
Kathrin wächst in den 50ern und 60ern auf, träumt von der weiten Welt, schönen Kleidern, Paris und Frankreich, von der Liebe, von Freiheit und Geborgenheit.
Sie stolpert über Zwänge und Missverständnisse und ertrotzt sich anhand von Visionen und Mut-ausbrüchen ihren eigenen Weg

Leseprobe aus „Kleidertanz"

Prolog

11.6.43
Meine liebe Lilli!
Nun bin ich also wieder zurück in der Stellung. Es hat noch einen Tag länger gedauert. Wir waren vorgestern Abend schon verladen und nach einigen Stunden Wartens hieß es dann doch: Aussteigen – Nebel – Irgend so was kommt ja immer dazwischen. Na, gestern Abend klappte es dann aber mit der Überfahrt. Hatten eine sehr ruhige Fahrt, halb neun waren wir in der Stellung. Hier fand ich fünf liebe Briefe von dir vor, einen mit Zigaretten, einen mit anderem Inhalt. Herzlichen Dank, Mädel. Ist ja gerade, als wenn du es geahnt hättest, wie notwendig ich das brauchte. Hast du fein gemacht... Na, nun will ich aber erst mal berichten. Also:
Es kam natürlich alles sehr plötzlich. Aus der Schreibstube wurde angefragt, wer noch nicht in Paris war. Habe jetzt einen Wachtmeister als Spieß, Fuchs aus Hannover, der

den Spieß in seinem Urlaub vertritt. Fuchs habe ich damals schon Französisch unterrichtet und jetzt ist er auch im Englischen mein Schüler. Außerdem duze ich mich mit ihm. Und dann ging es los. Vormittags schnell zum Arzt zur Untersuchung. Dann nachmittags während der Geländeausbildung um halb fünf hieß es, sofort zur Schreibstube. Musste noch mit dem Fahrrad zur Abteilung, um meinen Marschbefehl zu holen. In Hast zu Abend gegessen, schnell die paar Klamotten gepackt und dann konnte ich zum Glück mit dem Chef im Auto zur Schiffsstelle fahren. Überfahrt wie gewöhnlich. Am Samstagabend kam ich schon in Paris an. Anmeldung. Ich sollte erst wieder nach auswärts in ein Hotel, konnte dann aber für die erste Nacht in einem Übernachtungsheim bleiben. Sonntag morgen bekam ich dann ein Hotelzimmer. Hotel Calais, mitten in der Stadt. Am Sonntag hab ich mir dann allein Paris mal angesehen. Es ist wirklich eine einzigartige Stadt. Wundervolle Bäume und Straßen. Und all die Bauten sind so hingestellt, dass sie von allen Seiten und weithin gesehen werden können. Der Triumphbogen mit dem Grabmal des unbe-

kannten Soldaten ist wirklich ein „Triumph"
bogen. Und eine herrlich breite Straße führt
darauf zu. Die Straße, auf der unsere Truppen
auch in Paris einrückten. Na, ich schick dir
nächstes Mal die Photos zu und muss dir das
im nächsten Urlaub mal näher zeigen. Schade, dass du nicht dabei sein konntest! Am
Nachmittag sind wir dann zu dritt über die
Boulevards, die Hauptstraßen, früher die
Wälle der alten Stadt, geschlendert. Da bummelte alles her, sehr viel Militär, aber noch
mehr Zivilisten. Die Pariserin im Sonntagsstaat natürlich. Ja, die Pariserin! Es ist wirklich auch ein besonderes Frauenzimmer, nicht
gerade mein Ideal, aber eben doch was Besonderes, anders als die übrigen Französinnen, eleganter, geschmackvoller, mit viel Chic
und Eleganz. Hüte hab ich gesehen! Wagenräder! Wenn man den Hut sieht, kriegt man
einen Lachkrampf, aber die Pariserin kann
die Dinger tragen. Sie stehen ihr. Auch mit
dem Schminken. Die Pariserin versteht es
wirklich. Sie malt ihre Lippen, aber geschickt,
nicht so blödsinnig und auffällig wie leider
meist die deutschen Mädel. Und wenn man
mal übel geschminkte Mädel sah, waren es

Provinzlerinnen oder - deutsche Mädel, die
Paris nachmachen wollten. So was steht der
Pariserin, es passt zu ihrem Charakter und ihrer Erscheinung, aber eben nicht für ein deutsches Mädel. Und dann das Leben auf den
Straßen! Alles ist draußen. Viele sitzen in und
vor den Cafés. Die Cafés sind zur Straße hin
vollkommen offen und fünf bis zehn Reihen
Stühle stehen noch auf dem Bürgersteig, alle
mit dem Blick zur Straße, und davor wandelt
dann alles hin. Schaustellung! Sah sogar
einen Frisiersalon. Die ganze Front Fenster,
direkt am Fenster saßen die Damen und
Dämchen mit ihren Apparaten um den Kopf,
jedem sichtbar, vor allem aber – sie kann
selbst alles auf der Straße beobachten. Und so
ist das auf den riesenlangen Boulevards, die
sich genau wie die Promenaden in Münster
rund um die Altstadt ziehen und auf der endlos langen Prachtstraße, den Champs Elysées,
die zum Triumphbogen führen. Zur Schau
stellen, das ist pariserisch. Gebäude, Menschen, Kleidung, und in den großen Kabaretts
eben auch der unbekleidete menschliche Körper, alles wird zur Schau gestellt. Es ist eben
im Gegensatz zum Deutschen doch eine

ziemlich aufs Äußerliche eingestellte Kultur. Auch die Unterhaltung ist eine solche Schaustellung des Geistes, man zeigt Esprit, Witz, Wendigkeit, lässt seine Sprachtalente aufblitzen, es kommt gar nicht so sehr auf den Inhalt an, auch nicht, dass einer unbedingt zuhört, man muss sich aber zeigen können. Für den Deutschen, besonders für den doch innerlich veranlagten und in jeder Beziehung zurückhaltenden und keuschen Niedersachsen, der seine Gefühle ungern, wenn überhaupt, preisgibt, ist das mal ganz interessant zu beobachten, aber eben fremd.
Und abends waren wir dann in dem Kabarett, den Folies Bergères, einem der berühmtesten Kabaretts. Auch das ein Erlebnis. Es war wirklich großartig. Die Mädels natürlich nur sehr sparsam bekleidet. Na, ich will dir doch mal das Programm zuschicken. Oben hatten sie im Allgemeinen nichts, unten oft nur so ein kleines Dreieck wie ein Feigenblatt. In Cherbourg waren auch wohl mal so genannte Pariser Revuen, habe nur eine gesehen, war ziemlich plump und infolgedessen widerlich. Diese Revue wirkte trotz der Nacktheit keineswegs schwül oder grob sinnlich. Es waren

natürlich ausgesucht schöne Körper, ist ja klar. Und das Wesentliche waren aber doch die Bühnengestaltung, die phantastischen Beleuchtungswirkungen, die Kostüme, die Farben. Na, so was muss man gesehen haben. Man kann es nicht schildern. In Deutschland ist so etwas natürlich kaum denkbar, es würde da sofort in eine Schweinerei, in eine Orgie ausarten. Diese unbekümmerte Zurschaustellung ist eben für den Deutschen unnatürlich. Für einen Neger ist ja völlige Nacktheit auch das natürliche Gewand und auch für uns nicht anstößig. Es dauerte von abends acht bis halb elf mit nur einen kurzen Pause, sonst folgte Nummer auf Nummer ohne jede Unterbrechung.
(...)
Also, grüß Oma, Tante Marianne, - wünsch beiden gute Besserung – und Mathilde. Den Kindern einen herzlichen Kuss. Und du selbst sei recht lieb in den Arm genommen und geküsst von deinem To.

Über die Autorin:
Anna-Katharina Hölscher wurde in Lintig bei Bremervörde geboren und wuchs in Osnabrück (Niedersachsen) auf.
Sie studierte in Münster i.W. und Freiburg i. Br. Lehramt mit den Fächern Englisch und Französisch, arbeitete als Lehrerin in Freiburg und entdeckte die Musik und den Tanz als Leidenschaft in ihren Zwanzigern. Die Sehnsucht nach Norddeutschland trieb sie nach fünf Berufsjahren nach Hamburg, wo sie ihre musikalischen und tänzerischen Fähigkeiten weiter entwickelte . Sie gründete in den Achtzigern mit zwei anderen Frauen das Tanzstudio Triade und unterrichtete Tanz an der Max-Brauer.-Gesamtschule .
Sie hat zwei erwachsene Söhne. Über dreißig Jahre lang unterrichtete sie an Gesamtschulen Deutsch, Englisch, Französisch, Musik und Tanz. Heute arbeitet sie als Moderatorin und Veranstalterin von „Annassalong" in Hamburg-Ottensen, Kabarettistin, Sängerin und Autorin.